함께 있으면 좋은 사람

함께 있으면 좋은 사람

—

개정판 1쇄 2011년 5월 16일
개정판 15쇄 2023년 5월 22일
지은이 용혜원
펴낸이 김영재
펴낸곳 책만드는집

—

주소 서울 마포구 양화로3길 99, 4층 (04022)
전화 3142-1585·6
팩스 336-8908
전자우편 chaekjip@naver.com
출판등록 1994년 1월 13일 제10-927호
© 용혜원, 2011

—

—

ISBN 978-89-7944-361-5 (03810)

함께 있으면
좋은 사람

용혜원 시집

책만드는집

| 차례 |

첫 만남

눈빛으로
사랑을 느꼈다

무어라 말할 수 없는
움직임이 내 가슴에서
불붙기 시작했다

그대 생각에
뒤척이다가 깊은 잠에
빠져들지 못했다

마음은 왠지
즐거움과 설렘과 기대로
가득 차올랐다

함께 있으면 좋은 사람 1

그대를 만나던 날
느낌이 참 좋았습니다

착한 눈빛, 해맑은 웃음
한 마디, 한 마디의 말에도
따뜻한 배려가 담겨 있어
잠시 동안 함께 있었는데
오래 사귄 친구처럼
마음이 편안했습니다

내가 하는 말들을
웃는 얼굴로 잘 들어주고
어떤 격식이나 체면 차림 없이
있는 그대로 보여주는
솔직하고 담백함이
참으로 좋았습니다

그대가 내 마음을 읽어주는 것 같아
둥지를 잃은 새가
새 보금자리를 찾은 것만 같았습니다

짧은 만남이지만
기쁘고 즐거웠습니다
오랜만에 마음을 함께
나누고 싶은 사람을 만났습니다

사랑하는 사람에게
장미꽃 한 다발을 받은 것보다
더 행복했습니다

그대는 함께 있으면 있을수록
더 좋은 사람입니다

함께 있으면 좋은 사람 2

그대의 눈빛 익히며
만남이 익숙해져
이제는 서로가
함께 있으면 편안하고
좋은 사람이 되었습니다

쓸쓸하고 외롭고 차가운
이 거리에서
나, 그대만 있으면
언제나 외롭지 않습니다

그대와 함께 있으면
젖어드는 그대의 향기에
내 마음이 따뜻해집니다

그대 내 가슴에만
안길 것을 믿고
나도 그대 가슴에만
머물고 싶습니다

그대는 함께 있으면 좋은 사람
우리 한가롭게 만나
평화롭게 있으면
모든 시름과 걱정이 사라집니다

우리 사랑의 배를 탔으니
어디론가 떠나고 싶습니다

그대는
함께 있으면 좋은 사람입니다

첫 포옹

두 눈을
꼭 감고 말았다

서로의 이끌림 속에
우리의 사랑은
하나가 되었다

숨결이 가쁘고
숨 막히도록 가슴이
두근거렸다

둘이 하나가 된
포근함에
그대로 가만히 있고 싶었다

빈 가슴이 채워지며
내 사랑이
품 안으로 들어왔다

사랑의 숨결을

느끼고 싶어
그대를 더 꼭 끌어안았다

내 사랑하는 사람아

내 사랑하는 사람아

너의 모습은
늘 내 삶에 다가와
부딪치고 있다

내 발목을 잡고 따라다니던
너의 생각이
내 마음까지 사로잡고 말았다

그리움이
뼛속 깊이 흐르더니
뼈 마디마디가 아프도록
생생히 살아나
꽃 피듯 피어나고 있다

우리에게 허락된
삶의 시간들을
사랑으로만 꽃피우고 싶다

우리 서로 마주 보고
웃을 때가 행복하다
잠에서 깨어나지 않은 시간에도
끝도 없이
그대에게 다가가는
내 마음을 어찌해야 하는가

그대의 눈길
그대의 손길을
느끼고 싶다

내 마음이 자꾸만
그대에게 향하고 있다
그대를 마음 놓고
사랑할 수만 있다면
얼마나 행복할까

내 사랑하는 사람아

그대가 보고픈 날

귀가 아프도록
그대 날 찾으며 부르는 것만 같아
가슴이 뛰고
미치도록 그대가 보고픈 날

내 마음은 그대를 찾아
거리를 헤매지만
그대를 만날 수가 없다

그대를 만나고 싶다
그대가 보고 싶다
그대와 함께 걷고 싶다
그대와 함께 커피를 마시고 싶다

날마다 이렇게 살아가다가
철새처럼 훌쩍 떠나가기 전에
새롭게 돋아나는 그런 사랑을 하고 싶다

뜨겁고 진한
우리 둘만의 은밀한 사랑을

마음껏 하고 싶다

마음이 착한 그대
크게만 느껴지는 그대 품에
안기고만 싶다

우리가 서 있는 곳도
지구의 한 모퉁이
우리의 사랑의 장소도
지구의 한 모퉁이가 아닌가

이 작은 우리들의 사랑이기에
사랑의 열기에 붉어지는
그대의 볼이
더욱 보고 싶다

그리움을 벗어놓고

갓 피어난 꽃처럼
그리움을 벗어놓고
그대를 만나고 싶습니다

발이 있어도
달려가지 못하고
마음이 있어도
표현 못 하고
손이 있어도
붙잡지 못합니다

늘 미련과 아쉬움으로 살아가며
외로움이 큰 만큼
눈물이 쏟아지도록
그립기만 합니다

선잠이 들어도
그대 생각으로 가득하고
깊은 잠이 들면
그대 꿈만 꿉니다

견디기 힘든 시간도
날마다 이겨낼 수 있음은
그대가 내 마음을
알아주기 때문입니다

사랑은 아픔

서로 사랑하는 사람들이
만나지 못할 때

서로 아끼는 사람들이
사랑할 수 없을 때

서로 좋아하는 사람들이
함께 잠들지 못할 때

사랑은 아픔이 된다

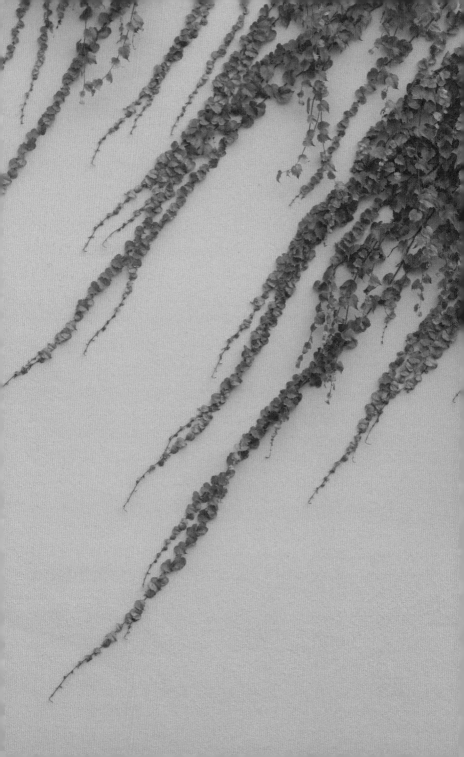

사랑이라는 말

세상에서 가장 흔한 말이
사랑이라고 하지만
세상에서 가장 소중한 말이
사랑입니다

사랑이라는 말은
사랑하는 사람에게 들을 수 있을 때도
행복하지만
사랑이라는 말을
사랑하는 사람에게 할 수 있을 때
더 행복합니다

세상에는 그렇게 흔한
사랑한다는 말을 듣지 못해서
고독한 사람들이 얼마나 많이 있습니까

한 마디의 말
"사랑해요"
"사랑합니다"
이 말이 행복과 불행의 분기점입니다

밀려드는 그리움

밀려드는 그리움을
어찌할 수 없어
명치끝이 아파올 때면

가슴이 온통
그대 생각으로 가득 차
감당할 수가 없다

아무것도 위로가 되지 않고
보고 싶은 생각에
온몸이 눈물로 젖는다

사랑하지 말 걸 그랬다
그대 나에게 올 때
외면할 걸 그랬다

그대를 단 한 번만이라도
꼭 끌어안을 수 있다면
이 모든 아픔은
사라질 것만 같다

흐르지 못하는 사랑

덤불처럼
웃자라기만 하는
내 사랑의 마음
싹둑 잘라서
그대에게 주면 어떨까

살다 보면
가슴에 묻어두어야 할 일도 있다는데
빠르게 흘러가는 세월이
너무 안타깝다

그대의 마음만 따라가면
우리의 사랑도 이루어질 수 있을까

한밤에도 턱없이 커지는
사랑의 마음을
어떻게 다 표현할 수 있을까

우리의 사랑은
흐르지 못하는 사랑인가 보다

그대 내 앞에 서 있던 날

수줍게 돋아나는
봄날의 새싹들처럼
내 사랑은
그렇게 시작되었습니다

풋풋하고 청순한 그대
내 앞에 서 있던 날
하늘이 내려준 사랑이라 믿었습니다

모두가 그토록 애타게 찾는
사랑의 길목에서
우리는 서로 마주쳤습니다

그대를 본 순간부터
그대의 얼굴이 내 가슴에
자꾸만 자꾸만 들어왔습니다

그대는 내 마음을
한 번에 사로잡아
오직 그대만 바라보게 만들었습니다

살아가며 모든 상처가 아물고 나면
우리의 사랑은 더 아름다워지고
더 깊어질 것입니다

우리들의 삶이 지는 날까지
그대 내 앞에 서 있던 날처럼
사랑하고 싶습니다

행복을 느낄 수 있다는 것은

삶이란
바다에 잔잔한 파도가
치고 있다는 것이다

사랑하는 사람과 함께할 수 있어
낭만이 흐르고
음악이 흐르는 곳에서
서로의 눈빛을 나누며
함께 커피를 마실 수 있고

흐르는 계절을 따라
정답게 사랑의 거리를 걸으며
하고픈 이야기를 나눌 수 있다는 것이다

사랑하는 사람과 한집에 살면서
나란히 신발을 함께 놓을 수 있으며
마주 보며 함께 식사할 수 있고
편안히 잠들고 깨어날 수 있다는 것이다

서로를 이해하며

서로가 원하는 것을 나눌 수 있으며
함께 꿈을 이루어가며
기쁨과 웃음과 사랑이 충만하다는 것이다

행복을 느낄 수 있다는 것은
보이지 않는 삶의 울타리 안에
평안함이 가득하다는 것이다

삶이란
들판에 가슴을 잔잔히 흔들어놓는
바람이 불고 있다는 것이다

사랑에 빠져 있을 때

사랑에 빠져 있을 때
그대를 만나면
좋았다

사랑에 빠져 있을 때
그대를 보고 있으면
좋았다

사랑에 빠져 있을 때
그대의 손을 잡으면
좋았다

사랑에 빠져 있을 때
그대를 안고 있으면
좋았다

사랑에 빠져 있을 때
그대의 모든 것이
좋았다

그래서 나는
그대와 결혼했다

그대의 사랑을 받는 연인이 되어

모든 것 다 바쳐 사랑을 해도
후회 없을 사람이 있다면
행복한 사람입니다

얼마나 많은 사람이
사랑을 시작할 때는
꿈인 듯 환상인 듯
달콤함에 빠져들었다가
눈물로 세월을 보내는
돌이킬 수 없는
아픔을 느끼며 살아갑니까

사랑은 순간의 감정이 아닌
우리들의 삶 전부이기에
서로가 아낌없이 숨김없이
하나가 되는
진실한 사랑이어야 합니다

나 그대를 사랑하기에
삶이 다하는 날까지

그대의 사랑을 받는
연인이 되고 싶습니다

깊고 깊은 밤에

모든 소리마저 잠들어버린
깊고 깊은 밤에
생각이 꼬리를 물고 늘어져
잠들지 못한다

멀리 떨어져 있는
그대 얼굴은 자꾸만
내 가슴속을 파고든다

그대 생각 하나하나를
촛불처럼 밝혀두고 싶다

그대가 멀리 있는 밤은
더 깊고
더 어둡다

멀리 떨어져 있으면서도
밤마다 나를 찾아오는
이유는 무엇이냐

지금도 사방에서
그대의 목소리가 들려온다

강가에서

흐르는 강물을 바라보면
내 마음에 질퍽하게 고인
그대 사랑도 함께 흐른다

우리들의 삶도
저렇게 흘러가는 것을

물밑 어디쯤에서
그대 사랑의 목소리를
다 들을 수 있을까

모두 다 떠나고
모두 다 보내야 하는데
우리도 가야 하는데

그대가 사랑으로 있었던 자리
흔적도 없이 사라지고
마음속에 그리움으로만
남았는데

그래 우리 오늘도
살아 있다는 것만으로
행복하다

흙

누구든 오세요
다 받아들이겠어요
내 품에 안겨보세요

움츠러들지 말아요
손을 내밀어요
얼굴을 들어요

나에게 다 맡겨요
발을 쭉 뻗어요
마음이 편안해질 거예요

내 품 안에서 살아요
욕심을 부리지 말아요
있는 모습 그대로가 아름다워요

대나무

한 마디 한 마디가
그리움이고
아픔이었습니다

한 마디씩 자랄 때마다
그대를 만날까
설렘으로 기다렸지만
그대는 보이지 않았습니다

소리 없이 자라나는 사랑
가슴 안으로 안으로
가두다 보니
그 한 마디만 생각납니다

몇 마디를 더 견뎌야
볼 수 있겠습니까
그대는 모르고 있지만
나는 속울음을 울고 있습니다

그대 입술로 불어대는
피리가 되기 위하여

오월의 정오

너무나 조용한
오월의 정오

창밖의
모든 것은
어제와 같다

바람도 잠잠한데
내 마음만 이렇게
흔들리고 있다

영산홍

마음이 먼저
훌쩍 어디론가
떠나고 싶어 하는
화창한 봄날

분홍빛 연정이 달아올라
마음을 뜨겁게 하니
어쩔 수가 없구나

아하!
참지 못하면
그냥 사랑을 고백해버릴까

봄꽃 피던 날

겨우내 무엇을 속삭였기에
온 세상에 웃음꽃이 가득할까

이 봄에 여인네들이
나물을 캐듯
우리들의 사랑도 캘 수 있을까

이 봄에
누군가가 까닭 없이 그리워지는 것은
사랑하기 때문이다

사랑하는 이를 만나면
온 세상이 떠나가도록 웃어나 볼까

이 봄엔 누가 봐도 아름다운
사랑을 했으면 좋겠다

그대가 만약 끝내 사랑한다 말하지 않으면
그대 가슴에 꽃으로 피어나고 싶다

내 마음의 유리창

내 마음의
유리창에
때 묻은 미움은
닦아놓으렵니다

그대 나에게 준
사랑의 마음은
남겨놓으렵니다

그대가 내 마음을
볼 수 있도록
언제나 맑게
닦아놓으렵니다

내 목숨꽃 지는 날까지 1

내 목숨꽃 피었다가
소리 없이 지는 날까지
아무 후회 없이
그대만을 사랑하고 싶습니다

겨우내 시린 바람에 난
상처투성이 아물어
봄꽃이 화려하게 피어나듯이

이렇게 화창한 봄날이라면
내 마음도 마음껏
펼쳐 보였으면 좋겠습니다

이렇게 화창한 봄날이라면
한동안 담아두었던 그리움도
꽃으로 피워내고 싶습니다

행복이 가득한 꽃향기로
웃음이 가득한 꽃향기로

내가 어디를 가나
그대가 뒤쫓아오고
내가 어디를 가나
그대가 앞서 갑니다

내 목숨꽃 피었다가
소리 없이 지는 날까지
아무런 후회 없이
그대만을 사랑하고 싶습니다

내 목숨꽃 지는 날까지 2

내 목숨꽃 피었다가
그 어느 날 소리 없이 지더라도
흐르는 세월을 탓하지 않고
살아가고 싶습니다

모두들 떠나는데
그 사람들 중에
나도 또 한 사람
언젠가는 이 지상에서 떠나야 하지만
내 삶을 기쁘게 살고 싶습니다

삶의 시간들
한순간 한순간이
얼마나 소중한지요
만나는 사람들이
얼마나 따뜻한지요

고독에 너무 깊이 파묻혀
괴로워하지 않고
작은 기쁨도 잔잔한 사랑도

함께 나누며 살고 싶습니다

내 목숨꽃 피었다가
바람이 불 때마다 떨어지더라도
모든 것을 감사하며 떠나고 싶습니다

가을 사랑

짙은 고독의
빛깔로 물든
가을 하늘

황홀할 것만 같았던
여름날 풀잎의 노래도
순간이었다

너무나 빠르게 지나가는 시간들
그 속에 살아가는
너와 나

붉게 물든 가을 산처럼
활활 타오르는 사랑을 하자

너의 가슴과
나의 가슴을 덮고도 남을
사랑을 하자

모든 화려함이 마지막 빛으로

장식하는 이 가을에
우리 숨 막히도록 좋을
그런 사랑을 하자

때로는 흐르는 시간이
너무도 안타깝다
내 사랑아!

나에게 오라
너를 꼭 안고 싶다

어둠 속에서

겨울 밤하늘
외로운 별처럼
어둠 속에서 고독을 느낀다

멀어진 사람들의 차가운 시선이
구름 사이로 흐르는 달빛이 되어
나를 바라보고 있다

무엇이 이토록
외롭게 만드는 것일까
이 밤 그대 얼굴조차
어둠 속으로 사라진 탓일까

먹물 스며드는
어둠 속에서 모든 것은
방향을 잃고 있다

무엇이 이토록
허전하게 만드는 것일까
이 밤 그대 보고픔에

홀로 어둠을 밝히고 있는 탓일까

어둠 속에서
그대와 함께 잠들기까지
속삭이고만 싶다
그대를 보듬어 안고만 싶다

계절이 지날 때마다

계절이 지날 때마다
그리움을 풀어놓으면

봄에는
꽃으로 피어나고
여름에는
비가 되어 내리고
가을에는
오색이 되어 떨어지고
겨울에는
하얀 눈이 되어 펑펑 쏟아져 내리며
내게로 다가오는 그대

그대 다시 만나면
우리에게 좋은 일들만 생길 것 같다

그대의 청순한 얼굴
맑은 눈이 보고 싶다
그 무엇으로 씻고 닦아내도
우리의 사랑을 지울 수는 없다

이 계절이 가기 전에
그대 내 앞에 걸어올 것만 같다

그리움

그리움이 있어야
살아갈 힘이 생기는 거야

지나간 것들에 대한
그리움
다가올 것들에 대한
그리움

그리움이 많아야 해
그래야 삶에 의미가 있는 거야

사랑을 찾는 눈동자

눈물 가득 고인 모습으로
사랑을 찾는 눈동자를
아무도 막을 수 없다

아픈 가슴 다독거리며
사랑을 찾는 눈동자를
어찌할 수 없다

사랑하는 사람이
눈앞에 있을 때
감동에 젖어들어
행복해지는 모습이 보고 싶다

오라, 그대여

내 마음에
늘 맑게 고이는 사랑이 있어
퍼내고만 싶은데
그대는 떠나가 보이지 않고

내 마음에
그리움이 터져
왈칵 눈물이 쏟아질 것만 같은데
그대는 떠나가 보이지 않는다

열정이 있을 때
사랑을 하자
사랑할 시간을 만들자

오라, 그대여

그녀의 웃음소리

그녀의 웃음소리를 들으면
신바람이 납니다

아무것도 꾸미지 않고
아무것도 숨기지 않고
있는 그대로 소탈한
마음을 보여줍니다

그녀의 웃음소리를 들으면
행복합니다

나를 사랑하고 있기 때문입니다
나도 그녀를 사랑하고 있습니다

그리움의 눈을 뜨고

너의 눈빛이
한겨울 매서운
한파 몰아치듯 하여도

너의 눈빛이
도끼날을 세워
내 가슴에 던지듯 하여도

그리움의
눈을 뜨고 나서는
온 세상이 더 투명해졌다

푸른 하늘은
더 푸르러졌고
내 삶엔 의미가 생겼다

너는 먼 하늘의
뜬구름 같다 하지만
나는 네 곁의 들풀이어도 좋다

삶의 아름다운 장면 하나

그대는
기억하고 싶고
소중히 간직하고 싶고
누구에게나 이야기하고 싶은

삶의 아름다운 장면 하나
간직하고 있습니까

그 그리움 때문에
삶을 더 아름답게 살아가고 싶은
용기가 나고
힘이 생기는

삶의 아름다운 장면 하나
간직하고 있습니까

우리 사랑이

팔월 대추 알
크듯이
우리의 사랑도
커갔으면
좋겠습니다

가을이 오면
대추 알 붉게 여물듯이
우리의 사랑도
그렇게 여물었으면
좋겠습니다

가슴 앓아도

가슴 앓아도 가슴 앓아도
그리움으로 동동 발을 구르기보다
기다림을 만남으로 바꾸어
그대의 품속에 파고들어
사랑만 했으면 좋겠다

가슴 앓아도 가슴 앓아도
끝없이 이어지는 그리움
막아도 막아도 보고픈 마음
걷잡을 수도 밀어낼 수도 없으니
눈물방울만 떨어뜨리기보다
사랑만 했으면 좋겠다

가슴 앓아도 가슴 앓아도
고개를 떨군 채
외로운 가슴 억누르며
기억 속으로 묻히기 전에
내 마음에 살아 있는 그대를
사랑만 했으면 좋겠다

당신

내 삶의 기쁨은
바로
당신입니다

그대가 있어
외롭지 않고
사랑하며 살아갑니다

내 삶의 행복은
바로
당신입니다

사랑이 찾아왔을 때

사랑이 찾아왔을 때
그 한복판이
헤어 나올 수 없는 늪이라 해도
뛰어들고만 싶다

사랑이 끝 간 데 없는
짙은 안개 속이라 해도
빠져들고만 싶다

못다 피어서 절망하는
사랑보다는
활짝 피어나는
사랑이고만 싶다

흐르는 세월 속에서
내 사랑의 언어가
그대 가슴에
시가 되었으면 좋겠다

우리의 사랑은

언제나 여운이
남아 있어도 좋은
넘치는 사랑이고만 싶다

삶의 터널을
다 빠져나올 때까지
그대만 사랑하고 싶다

첫인상

우리 만날 때마다
밝게 웃으며
반갑게 인사를 나누어요

첫인상이 얼마나 소중한지요
만남의 기쁨이 얼마나
큰 즐거움인지요

우리 만날 때마다
서로 주고받는 미소 때문에
그대 얼굴 하루 종일 떠올리며
행복할 수 있어요

봄

모든 꽃이
한꺼번에 수줍게 피어나는 것을 보니
모두 다
사랑에 빠졌나 보구나

꿈속에서

몸이 피곤한 탓에
나도 모르는 사이에
풋잠이 들었는데
그대 얼굴을 보았다

어찌나 좋았는지
꿈속에서도 연방 웃기만 했다
어찌나 반가웠는지
꿈속에서도 가슴이 뛰었다

잊을 수 없는
그리움 뒤에
그대가 서 있었는데
꿈결엔 왜 찾아왔는가

홀로 외로워하지 말고
그리움으로 잊히기 전에
봄꽃 피듯 사랑을 하자

그대에게 장미꽃 한 아름을

그대에게 장미꽃 한 아름을
선물하고 싶다

장미꽃을 안고 기뻐할
그대 모습이 보고 싶다

아주 오랜 후에
세월이 흘러
장미꽃이 메마르더라도
우리의 사랑을
기억할 것이다

그대에게 장미꽃 한 아름을
선물하고 싶다

다시는 돌아오지 않는
이 순간에
내 마음의 사랑을
그대에게 표현하고 싶다

장미꽃을 받아 들고
행복해하는
그대의 모습이 떠오른다

가을을 파는 꽃집

꽃집에서
가을을 팔고 있습니다

가을 연인 같은 갈대와
마른 나뭇가지
그리고 가을꽃들
가을이 다 모여 있습니다

하지만
가을바람은 준비하지 못했습니다
거리에서 가슴으로 느껴보세요
사람들 속에서도 불어오니까요
어느 사이에
그대 가슴에도 불고 있지 않나요

가을을 느끼고 싶은 사람들
가을과 함께하고 싶은 사람들은
가을을 파는 꽃집으로
찾아오세요

가을을 팝니다
원하는 만큼 팔고 있습니다
고독은 덤으로 드리겠습니다

날마다 떠나는 여행

나는 날마다
삶이라는 여행을 떠난다

늘 서툴고
늘 어색하고
늘 뒤처져서

언제나 떠나면
다시 돌아올 줄 알았는데
떠나가기만 하는 여행이다

단풍

누구를 사랑했을까
봄에는 그토록 열렬히
사랑에 빠져들더니

가을엔 여름날의
열정을 잊지 못해
고독으로 온몸에
피멍이 드는가

나도 이런 사랑에 빠져들어
온몸이 화끈
달아올랐으면 좋겠다

그대가 그리워지니

바람은
산모퉁이를 돌고 돌아
그대 있는 곳까지
갈 수 있는데

나는 멀리 떠나 있으니
그대 생각만 가득합니다

아무리 좋은 곳에 있어도
아무리 맛있는 음식을 먹고
아무리 아름다운 절경을 돌아보아도
그대가 없으니
외롭고 쓸쓸합니다

사람들을 향해 웃고 있어도
그대가 주는 웃음만 못하고
아무리 편안한 자리가 마련되어도
그대와 함께 있는 것만 못합니다

멀리 떠나 있으니

달려가고픈 생각뿐입니다
그대가 그리워지니
더욱 사랑하고 싶습니다

구름

빈 하늘
두둥실 떠다니다가
모여들기 시작하면
비를 쏟아내는 구름

내 마음에도
어디서 왔는지 모를
고독이 몰려와
눈물을 쏟아내고 있다

내어주고만 싶은 사랑인데
그대는 받아들이지 않고
외면하고 있다

그대는 나의 길을 밝혀주는 빛이다
그대가 떠나면
내 삶에 어둠이 찾아오고
고독이 찾아온다

가을이 고독하게 만들기 때문일까

우리에게 좋은 추억
생각하면 아름다운 날들이 없으면
삶은 더 고독해질 거야

더 늦기 전에
사랑에 푹 빠져야 해
내 마음이 너에게로 다가가지 못할 때
더 고독해지는 거야

왜 진작 사랑을 고백하지 않고
가을이 되어서야
온몸에 열이 올라
단풍이 들까

가을이 사랑을 고백하기에 좋아서일까
가을이 고독하게 만들기 때문일까

빨리 고백해
추운 겨울이 다가오기 전에

들꽃

외로움을 견디다 못해
온 마음으로
작은 꽃들을 피웠습니다

그대의 시선이
잠시나마
머물 수 있도록

가슴에 묻어둔 이야기

가슴에 묻어둔 이야기가 있는
사람들이 있습니다

그 아픔을
그 그리움을
어찌하지 못한 채로 평생 동안
감싸 안으며 살아가는
사람들이 있습니다

누구에게도 말할 수 없는
비밀이기보다는
지금의 삶을 위해
지나온 세월을 잊고자 합니다

때로는 말하고 싶고
때로는 훌훌 떨쳐버리고 싶지만
세상살이가 그리 쉬운 일만은 아니어서
가슴앓이로 살아가며
뒤돌아가지도 못하고
다가가지도 못합니다

외로울 때는
그 그리움도 위로가 되기에
가슴에 묻어둔 이야기를
숨겨놓은 이야기처럼 감싸 안으며
살아가는 사람들이 있습니다

고독을 버리기 위해

그리움에 젖어 달려가면
환히 웃다가도
등 돌리고 사라지는
아픈 사랑

잊으려 하면
더 성숙해지고
다가가면 더 멀어진다

내 마음에 흐르는
그리움은 고독이다

마음껏 울어봐야겠다
마음껏 소리쳐봐야겠다
고독은 그만큼씩 달아날 것이다

나를 움츠리면 움츠릴수록
더 고독해진다
나를 나타내면 나타낼수록
더 고독해진다

고독을 버리기 위해
사랑을 하고 싶다

내 안에서 떠나고 싶다

사방을 빙 둘러
벽돌을 쌓아놓은 듯이
내가 내 안에 스스로 갇혀 있다

새들은 인간이
새장을 만들어 가두어놓지만
인간은 자신이 저지른 일로
스스로 고독에 갇힌다

사랑하던 모든 것이
내게서 멀어져 간다
외로움만 남아 있다

기다리던 모든 것이 다가와도
허무를 더할 때
고독함뿐이다

텅 빈 내 마음에
누군가 와주면
얼마나 좋을까

고독 안에 갇혀 있는
나는
내 안에서 떠나고 싶다

봄바람 부는 날

겨울의 끝자락에서 불던
소슬바람은 떠나가고

따스한 햇살과 함께
살랑살랑 불어오는
봄바람에 꽃잎이 터져

꽃향기 가슴에
물씬 풍겨오면

사랑하는 사람과
하염없이 걷고 싶은
봄날이다

살랑살랑 불어오는
봄바람에
눈부시게 쏟아지는
햇살 속에서
아름다운 사랑을 하고픈
봄날이다

사랑의 흔적

고독이라는 것 말이야
아직도 사랑의 흔적이
남아 있다는 거야

쓸쓸하다는 것 말이야
아직도 동행의 여운이
남아 있다는 거야

허전하다는 것 말이야
아직도 충만했던 느낌이
남아 있다는 거야

괴롭다는 것 말이야
행복했던 순간들을
다시 찾고 싶다는 거야

포기해서는 안 되는 거야
아직 이런 감정들이
남아 있잖아

다시 시작하는 거야
더 좋은 일들이 일어날 거야

다시 시작하는 거야
더 기쁜 일들이 일어날 거야

사랑에 색깔이 있다면

사랑에 색깔이 있다면
순수한 사랑이
가장 아름다운 빛깔일 것이다

우리는 모두 다
사랑의 힘으로 살아간다
사랑이 없다면
이 세상은 삭막할 것이다

단풍이 물드는 것을 보면서
우리의 사랑도 고운 빛깔로
물들이고 싶었다

내 마음이 도화지라면

내 마음이 도화지라면
무엇을 그려놓으면 좋겠습니까
아무리 아름다운 그림을 그려놓아도
그대가 볼 수 없다면
무슨 소용이 있겠습니까

내 마음이 도화지라면
그대의 얼굴을 그려놓겠습니다
어느 날 우연히
그대가 보았을 때
내가 그대를 내 가슴에
간직하고 있다는 것을 알면
다시 사랑을
시작할 수 있을 테지요

늦가을엔

늦가을엔
거리를 나설 때
바바리코트를 입고
옷깃을 세워도 좋을 것입니다

쌀쌀한 바람결에
걷는 모습이
한층 더 멋지게 보일 것입니다

조급하게 서두르지 말고
천천히 걸어야 합니다
여유 있게 생각하고
계절을 느끼며 관조하듯이
거리를 걷는 모습은
보는 사람들의 시선도
따뜻할 것입니다

절망

한없이
떨어지는
불길한
생각의 늪

가을의 노래

가을에 낙엽 지는 거리를
걸어보지 않은 사람은
가을을 말할 수 없습니다

가을에 비 내리는 거리를
홀로 걸어보지 않은 사람은
가을을 말하지 말아야 합니다

오색 단풍으로 물든
가을 산에 가보지 않은 사람은
가을 색을 말할 수 없습니다

가을이 깊어질수록
가슴속으로 파고들어 와서는
고독만 남기고
뒤돌아보지도 않고 달아납니다

가을비 내리는 거리를 바라보며
마시는 한 잔의 에스프레소는
가을을 더 깊이 느끼게 합니다

늦가을에 내리는 빗물에
가을이 떠내려갑니다
이 비가 그치면
날씨는 더 추워지고
가을은 이 거리에서도 퇴장할 것입니다

가을에 홀로
거리를 걸어보지 않은 사람은
가을을 이야기할 수 없습니다

그대가 떠날 줄 알았으면

그대가 떠날 줄 알았으면
이별을 배워둘 걸 그랬습니다

사랑할 때는
모든 것이 다 좋다 하고
떠나려 할 때는
모든 것이 다 싫다 하니
그 마음을 어찌해야 합니까

그대가 떠날 줄 알았으면
사랑하지 말 걸 그랬습니다

떠난 후에
그리움을 보고픔을
접어놓으면
잊히려니 했더니

고독만이
더 넓고
더 깊어지고 있습니다

떠난 후에 1

널 사랑했었구나

가슴 가득
그리움이 고이고
네가 보고 싶어
고독해지는 걸 보면

널 사랑했었구나

떠난 후에 2

우리는 오랫동안 만났지만
마음에 아무런
감동이 없었다

우리는 헤어졌다
서로 사랑하지 않았다
그리움도 없었다

기억에서 멀어지는 날에는

우리가 세상을 떠난 후
우리가 없는 세상은 어떠할까
궁금해질 때도 있지만
변함없이 잘 돌아갈 것이다

우리의 삶이 누군가에게
기억되는 것도 중요하지만
살아 있는 날 동안에
삶의 조각들을
마음에 느끼며 살아가는 일이
더욱 소중한 일이다

모든 것은 떠나가고
기억에서 멀어져
잊히고야 만다
우리가 사랑해야 할 사람들
얼마나 소중하고 아름다운가

우리가
먼저 떠나간 사람들의

삶의 자리에 살아가고 있음을 생각하면
좀 더 당당히
좀 더 따뜻한 마음으로
좀 더 넉넉히
좀 더 포근히 사랑하며
눈부시게 살아가고 싶다

만나면 편한 사람

그대를 생각하면
마음이 따뜻해집니다
그대의 얼굴만 보고 있어도
마음이 편안해집니다

그대는 내 삶에
잔잔히 사랑이 흐르게 하는
힘이 있습니다

그대를 기다리고만 있어도 좋고
만나면 오랫동안 함께
속삭이고만 싶습니다

마주 바라보고만 있어도 좋고
영화를 보아도 좋고
커피 한 잔에도 행복해지고
함께 거리를 걸어도 편한 사람입니다

멀리 있어도 가까이 있는 듯 느껴지고
가까이 있어도 부담을 주지 않고

언제나 힘이 되어주고
쓸데없는 걱정은 하지 않아도 됩니다

한도 끝도 없이 이어지는 이야기 속에
잔잔한 웃음을 짓게 하고
만나면 편안한 마음에
시간이 흘러가는 속도를 잊어버리도록
즐겁게 만들어줍니다

그대는 내 남은 사랑을 다 쏟아
사랑하고픈 사람
내 소중한 꿈을 이루게 해주기에
만나면 만날수록 편안합니다

그대는 내 삶에
잔잔한 정겨움이 흐르게 하는
힘이 있습니다

축복

밤하늘의 별들이
한낮의 태양이
나를 위해 빛나고 있다고
생각해보라
이 얼마나 놀라운 일인가

길거리의 가로수들이
밤거리의 가로등이
나를 위해 준비되었다고
생각해보라
이 얼마나 기쁜 일인가

내가 살고 있는 이 나라가
지구가 온 우주가
나를 위해 만들어졌다고
생각해보라
이 얼마나 감격할 일인가

이 세상 모든 것이
이 세상 모든 일이

내 삶을 위해 준비되었다고
생각해보라
이 얼마나 감사할 일인가

오늘 이 순간에도
내가 살아가는 것은
심장이 박동하는 생명의 힘이라고
생각해보라
이 얼마나 놀라운 축복인가

생각

혼자 가만히 생각하다 보면
생각이 자꾸만
가지를 뻗어나가
온갖 잡다한 일로
고민할 때가 있다

쓸데없고 필요 없는
생각의 가지들은
잘라버려야 한다
괜한 생각에
심각해지고 미워하고
서운해할 때가 있다

과일나무들이
탐스런 열매를 얻기 위해
가지를 치듯이
건강한 삶을 위해
꼭 필요한 생각만 하려고 해야 한다

좋은 생각을 한곳에

집중해서 행동하면
좋은 결과를 얻을 수 있다

나무 의자

나무 의자에 앉아
책을 읽다
생각에 빠진다

어느 숲 속의
나무였을까
봄, 여름, 가을, 겨울을
몇 번이나 지냈을까

어느 새가 날아와 앉아
울고 갔을까
어떤 짐승이 보금자리를
만들고 싶어 했을까

나무는 자라면서
어떤 풍경들을 보았을까
나무는 여름날 그늘을
잘 만들어주었을 텐데

목수는 어떤 사람이었을까

무슨 생각을 하며 만들었을까
이런저런 생각을 하다가
의자에 피곤을 기대고 앉아
잠이 들어버렸다

꿈길에서 큰 나무를 만났다

따뜻한 사람들

세상에는 마음이
따뜻한 사람들이 많아요

눈길 하나에도
손길 하나에도
발길 하나에도
사랑이 가득 담겨 있어요

이 따뜻함이 어떻게 생길까요
마음속에서 이루어져요
행복한 마음
욕심 없는 마음
함께 나누고 싶은 마음이에요

그 마음을 닮고
그 마음을 나누며 살고 싶어요

내 마음의 간격

늘 가까이 있는 줄 알았다
손 닿을 수 있을 정도로

어느 때 어느 장소에서나
부르고 소리치면
다가올 줄 알았다

서로 만날 수 있는 기쁨이
항상 있을 줄 알았다

내 마음을 헤아리고
다 알아서 해주는 줄 알았다

모두 내 생각일 뿐
눈에 보이지 않게
조금씩 멀어지고 있다

낚시꾼

낚싯대를 드리우고
무슨 생각을 하나 했더니

오랫동안
잊고 있었던
자신의 마음을
낚고 있었다

우리 사랑이 꽃이라면

미움이 겹겹으로 찾아와
사방으로 흩어진
숨결을 다시 모아
우리 사랑할 수 있을까

실망하고 뒤돌아서 떠난 후
허공을 떠돌던 고백의 말
가슴에 다시 모아
우리 사랑할 수 있을까

서로가 그토록 사랑하면서도
가슴 깊이 묻어두려는 것은 무엇일까
우리 사랑이 단 한 번 피어야 할 꽃이라면
보란 듯이 활짝 피어
향기를 발하고 싶다

내가 가야 할 길

내가 가야 할 길을 가려면
꿈과 비전이
흔들리지 말아야 한다
언제나 제자리로 돌아와야 한다

내가 가야 할 길을 가려면
분명한 목적지까지
뒤돌아보지 않고
멈추지 말고 가야 한다
언제나 앞으로 나가야 한다

내가 가야 할 길을 가려면
우연을 바라지 않고
행운을 기다리지만 말아야 한다
언제나 기회를 찾아 나서야 한다

강

이 땅의 핏줄로
이 땅의 젖줄로
흘러간다

모든 애환을 담고
멈추지 않고 흐른다

강아!
너의 힘을
내 가슴에 담고 싶다
나도 너처럼
삶 속을 흐르고 싶다

아침 바다

바다를 향해
아름답다고
표현할 수밖에 없었다

맑고 푸른 하늘
쏟아지는 햇살

가슴에서
바다를 향한 찬사가 쏟아져 나온다

고독하고 깊은 밤이
물러간 이 아름다움에
사람들은 아침 바다에서
기쁨을 얻는다

늘 사랑하고픈 그대

봄, 여름, 가을, 겨울
계절이 바뀌어도
사랑하고픈 그대

봄이면
꽃밭으로 초대하고 싶고
여름이면
바다로 초대하고 싶고
가을이면
함께 낙엽을 밟고 싶고
겨울이면
함께 흰 눈을 맞고 싶다

그대를 만났으니
모든 계절을 따라
사랑할 수 있어 좋고
그대와 함께할 수 있으니
모든 계절을 따라
사랑을 느낄 수 있어 좋다

늘 사랑하고픈 그대여
우리의 사랑은
모든 계절을 함께해도
늘 부족하기만 하다

갈대

광화문 커피 전문점
세가프레도 문 옆에
갈대가 세 묶음 꽂혀 있습니다

누구일까요
들판에서 강변에서
자유롭게 몸 비비며
가을을 노래하고 싶어 하는
갈대를 무참히 꺾어 온 사람은

갈대는 고통스러운지
손을 제대로 흔들지도 못하고
모든 것을 체념하고 있습니다

눈요깃감으로 팔려 오거나
누군가가 아름답다고 꺾어 왔을 갈대가
가을을 마음껏 노래하지 못하고
숨죽이며 거리를 지나가는
사람들을 바라봅니다

비 내리는 가을날에
갈대도 함께 울고 있는 듯합니다

가을이 떠날 때

가을이 옷을
다 벗고 떠나려
뒷모습조차 보이지 않자

겨울이 손을 펴
찬바람을 놓는다

겨울을 알리는 바람이
나뭇가지를
몸서리치도록 흔든다

가을이 떠나기 싫어
몇 번이나 가을비로
눈물을 흘렸지만
눈물을 흘릴수록
이별의 순간은
더 가까이 다가왔다

가을이 떠날 때
나무들은 꽃 피울 봄을 기다리며

맨몸으로 추운 겨울밤의
고독과 싸우기 위해
치열한 전투를 시작한다

빈 잔

나를 바라보며 눈 맞추다
속 깊이 뜨겁게
담아놓은 열정을
다 마셔버려
바닥을 드러내면
텅 빈 공허함 속에
외로움으로 남는다

그대의 목줄기에 젖어들어
온몸의 혈관 속을 흐를 때면
나는 다시 목마르다

탁자 위에서
홀로 싸늘히 식어버리면
남은 감정마저
메말라 버린다

목마름으로 다시 찾아와
네 온몸이 다시 뜨거워질 때
감싸인 손의 감촉과 함께

뜨거운 입술을 맞대어올 때면
더욱 다가가고 싶어진다

미소

그대의 마음에
가득한 기쁨이
얼굴에 나타난다

그대의 미소 짓는
얼굴은
하나님이 만들어주신
가장 아름다운 표정이다

아쉬움

살다 보면
지나고 보면
무언가 부족하고
무언가 허전하고
무언가 빈 듯한
아쉬움이 있다

아, 그랬구나
그랬었구나
그때 그러지 말고 잘할걸 하는
후회스러운 마음이 생긴다

마음으로 느끼지 못하다가
지나고 나면
떠나고 나면
알 것 같다

그런 아쉬움이 있기에
우리의 삶은
그만큼의 그리움이 있다

그만큼의 소망이 있다
그만큼의 사랑이 있다

나 홀로 남아

망망대해에
배 한 척 외롭게
떠 있듯

나 홀로 남아 있다

삶이 서툴러
늘 죄지은 듯한 마음이
명치끝까지 저려올 때
괴로워진다

삶이 어설퍼
모든 것이 두려워질 때
몸은 자꾸만 숨고 싶은데
생각은 더 멀리
달아나고 싶어 한다

혼자 있는 것은
두렵고 고독하다
아무도 찾아와 주지 않는다면

절망이다

나 홀로 남아 있는 것이 싫다
해가 지면
다시 찾아오는 어둠처럼
고독이 다시
찾아오고 있다

종소리

울어버릴 날을
기다리고 있습니다
내 마음속엔 언제나 울음이 많아
속 시원히 울고 싶습니다

나를 때려야 터지는 울음
기다림의 아픔이 있지만
울릴 수 있는 기쁨이 더 황홀합니다

아무리 착한 시선으로
나를 바라보아도
나를 울릴 수 없습니다
때려주어야 합니다

살아 있는 소리를 낼 수 있도록
종이 될 수 있도록
때려주어야 합니다

나는 아픔을 느끼지만
그대는 아름다운 종소리를

들을 수 있으니
내게는 기쁨입니다

나에게 있어선
안으로 밀려드는 고독보다
밖으로 터지는 아픔이 더 좋습니다
수명이 다하도록
울음을 터뜨리고 싶습니다

어둠 속의 고독

사랑했던 것들을
아끼던 것들을
보살폈던 것들을
알지도 못했던 것처럼
매정하게 끊어버려야 할 때
마음은 무겁고 고독하다

밤이 밤으로 느껴질 때가
미치도록 고독하다
밤이 깊어갈수록 계속해서
어둠을 뱉어내
불빛도 보이지 않았다

숨고만 싶었다
하늘의 별들도
젊은 날
지친 보초병의 어깨에 멘
총의 무게보다
어둠 속의 고독이
더욱 무거웠다

가슴에 가득한 고독

잘 자란 나무처럼
크게 두 팔을 벌려
그대를 품에 안으려 했지만
그대는 품 안에 없다

내 마음에 그대가
자꾸만 다가오는데
눈에는 보이지 않고
너무나 멀리 있는 듯 느껴진다

그대의 눈빛이 차가워지고
그대의 모든 말이
지킬 수 없는 거짓이 될 때
우리의 만남에서
따뜻한 체온이 사라질 때

아무리 입술을 깨물고
참으려 해도
잊으려 해도
고독은 가슴에 가득하다

홀로 남은 날

홀로 남은 날

나의 몸짓과
모든 생각이
욕망에 휘말릴 때

깊고 깊은 수렁 속에
빠져들 것만 같다

밤의 색은
더 짙어만 가는데
자다가 깨고
자다가 깨는 밤이었다

그리움에
답답한 가슴
쓸어내지 못해서

고독의 그림자가
가슴에 와 닿는다

모과

생긴 모양도
차림새도
여드름 수두룩한
시골 총각 같다

제 잘난 맛에
사랑하고픈 마음만 자꾸 커져
가지마다 주렁주렁
보란 듯이 매달려 있는 걸 보면
순박하기만 하다

코끝에 감미로운 향기로
은은하게 다가와서는
내 마음을 사로잡는 걸 보면
넌 생긴 것과는 다르게
참 매력적이다

벚꽃 흩날리던 날

그대처럼
어여쁘고 아름다운 신부의 모습으로
누가 나를 반기겠습니까

어쩌자고
어떻게 하려고
나를 이끄는 것입니까

유혹이 가득 담긴 눈빛으로
내 가슴을 왜 애타게만 합니까

그대를 바라보면 행복합니다
그대의 향기에 온몸이 감싸입니다
그대로 인해 내 마음이 자꾸만
설레고 있습니다

그대는 마음을 다 열고
온몸으로 노래하는데
나는 무엇으로 그대를 위해
노래해야 합니까

느껴라

장대같이 쏟아지는
빗줄기를 바라보고
나를 위한 축복이라 생각하며
빗줄기 속에 들려오는 음악을 들어라

한낮에 뜨겁게 내리쬐는
태양의 빛을 바라보고
나를 위한 빛이라 생각하며
쏟아지는 햇볕 속에서
삶의 열정을 느껴라

휘몰아치는 바람을
온몸으로 받아들이고
나를 위한 격정이라 생각하며
불어닥치는 바람 속에서
역경을 이겨내는 힘을 길러라

밤하늘에 빛나는 별빛 속에서
인생의 즐거움을 느껴라
질풍같이 밀려오는 성난 파도 속에서

살아 있는 삶의 호흡을 느껴라

막 피어나는 꽃들 속에서
생명의 신비를 바라보며
사랑의 행복을 느껴라
유유히 흐르는
강물을 바라보며
인생의 여유를 느껴라

새벽 바다

누구에게
다가가고 싶어
밤새도록 끝도 없이
파도는 밀려왔을까

파도가 소리치던
바다는 새벽이 오자
조용해지기 시작했다

지난밤의
온갖 두려움 속에서도
새날의 아침을 맞으려고
긴 밤을 그렇게
몸부림쳤나 보다

새벽 바다는
밤새 몰아치던 파도에
멍들었을 것 같은데
새벽 바다는
얼굴빛을 바꾸기 시작했다

모두가 보고 싶어 하는
바다의 모습으로
돌아오기 시작했다

온 세상은 음악

온 세상은 음악이다

빗소리
바람 소리
파도 소리
새들의 울음소리
온갖 벌레의 울음소리로
만들어지는
거대한 하모니다

온 세상은 소리 없는 음악이다

꽃들의 피어남
별들의 합창
햇빛의 쏟아짐
푸른 하늘을 수놓은 구름들
나무들의 외침으로
만들어지는
위대한 하모니다

멋있게 살아가는 법

나는야
세상을 멋있게
사는 법을 알았다네

꿈을 이루어가며 기뻐하고
마음을 나누며
만나는 사람들과
스쳐 가는 모든 것을
소중히 여기면 된다네

넓은 마음으로
용서하고 이해하며
진실한 사랑으로 함께해주며
욕심을 버리고
조금은 손해 본 듯 살아가면 된다네

나는야
세상을 신 나게
살아갈 수 있음을
알았다네

토요일 오후

휴식의 시간이 시작되는
토요일 오후
한 잔의 커피를 한가롭게
마실 수 있음이
얼마나 여유로운가

찻잔의 커피가
짙은 외로움의 색깔을 띠는데
마지막까지 음미하며
삶을 다시 느껴본다

한 잔의 커피는
목마름을 적셔주지만
그리움은
온몸에 젖어든다

내 마음은 한밤중

태양이 눈을
꼭 감으니
세상이 어두워졌다

달이 살짝
눈을 떠
초승달로 빛을 내지만

내 마음은 한밤중
외로움으로 어둡다

밤이면 모두 다
외로움을 견디지 못해
잠드는 것일까

내가 외로울 때면
다른 모든 것도 같이
외로웠으면 좋겠다

내 마음의 바다

바람이 바다에
목청껏 소리치면
파도가 거세게 친다

나는 살아오며 제대로
소리 지르지 못한 것 같은데
바람에 힘입어 소리 지르는 바다

해변에 거침없이
밀려오는 파도를 보며
변하고 싶은 유혹을 느낀다

폭풍우 몰아치듯
살고 싶다는 것은
내 마음에 욕망이
불붙고 있다는 것은 아닐까

내 마음에
거친 바람이 불어오면
세상을 향해

나도 파도칠 수 있을까

늘 파도에 부딪혀
시퍼렇게 멍들어 있는
이 바다를
그리워하는 이유는 무엇일까
아직도 소리치고 싶은
열정이 남아 있는 탓일까

세상을 향해
나도 파도치고 싶어진다

외로운 바닷가

홀로 바닷가를 거닐어보았습니까
밀려오는 파도에
발을 적시며 무슨 생각을 했습니까

그리움이 몰려와서
울고 싶지는 않았습니까

홀로 바닷가를 거닐어보았습니까
수평선 위를 막 넘어가는
해를 바라보며 무슨 생각을 했습니까

보고픔이 몰려와서
사랑하는 이의 이름을
부르고 싶지는 않았습니까

홀로 바닷가를 거닐어보았습니까
갈매기 춤추듯
날아가는 것을 보고
무슨 생각이 났습니까

빨리 바닷가를 떠나
사랑하는 이에게
달려가고 싶지 않았습니까

분재

아픔의 세월
절망의 세월
고통의 세월이

살아 있는
아름다움으로
남아 있다

외로울 때는

외로울 때는
괜스레
눈물이 난다

혼자
밥을 먹다가도
차를 타고 가다가도
잠이 들다가도
사람을 만나다가도
눈물이 난다

혼자
거울을 보다가도
책을 보다가도
전화기를 바라보다가도
창밖을 내다보다가도
눈물이 난다

외로움 속에는
터뜨리고 싶은
눈물샘이 있나 보다

틀

사람들은 누구나
자신만의 틀을 가지고 있다

넘치면 흥분하고
부족하면 허무해지고
비틀어지면 좌절하고
무너지면 포기하는
틀이 있다

이 틀을 사람들은
마음이라 부른다

이 틀이 때 묻기 시작하면
타락이 되고
이 틀이 진솔해지기 시작하면
정겨워진다

사람들은 틀에 박히는 것을 싫어하지만
틀을 떠나면 아무것도 할 수 없다

틀은 우리의 마음이다
모든 것을 사랑할 때
틀과 틀이 맞는다

행복

모든 것이
어둠 속에 잠기고
깊어만 가는 가을밤

야경을 바라보며
편안한 마음으로
아내와 함께하는 만찬

잔잔한 행복이
별빛을 받아
고요히 흐른다

사랑이 떠나려 하면

사랑이
베풀어주는
편안함이 사라지면
내 마음은
온 세상을 떠돌아다니고 싶어 한다

사랑이 우리의 가슴에 머물러
꽃피워 내지 못하면
고독할 수밖에 없다

사랑이
온기를 잃어버리고
싸늘하게 식어갈 때
고독해진다

사랑이
떠나려 하면
내 마음은 떠돌다 떠돌다
머물 곳을 찾고 싶어 한다